給爸媽的話 　引導幼兒自己說故事

幼兒學說話是靠看嘴形、聽聲音來模仿練習的，親子間的互動必定比單憑電視或光碟教學，更能提升幼兒語言學習的效能。

這套「*我會自己說故事*」正好為爸媽提供訓練幼兒說話的材料。我們建議爸媽每天抽出最少10分鐘，以循序漸進方式按下面五部曲和幼兒說故事，為他們語言學習及閱讀興趣的培養奠定重要基礎。

「*我會自己說故事*」系列使用方法五部曲：

1. 爸媽參考書後「故事導讀」，依照圖片給幼兒說故事

爸媽可參考書末的「故事導讀」，並按照圖片內容，以口語邊讀邊指着圖片，和幼兒說故事。當然爸媽也可以增刪、重新創作故事內容，讓閱讀的樂趣得以延伸。

2. 按幼兒感興趣的內容重覆說某一段／某一個故事

幼兒或許會對某一幅圖片或某一個故事感到有趣，而要求您再說一遍。就算您已覺得厭倦，但想到這正是他快樂地吸收語言基礎知識的機會，所以您也不要太快拒絕他。您可按其需要重覆內容1～3次，並試着邀請他跟您說單字、單詞，甚至短句。

3. 爸媽鼓勵幼兒參與說故事

為了鼓勵幼兒參與說故事，爸媽可以在說到某些情節或事物時給予停頓，讓幼兒自行說出故事的一小部分內容。如果幼兒願意嘗試參與說故事時，記得要給予擁抱、讚賞等適當的肯定和鼓勵。

4. 爸媽鼓勵孩子自行試着說故事

有時爸媽會拿着圖書強行要幼兒自己說故事，可是他們十居其九都不會乖乖就範。記着，爸媽鼓勵幼兒試說故事時，要保持輕鬆的氣氛，也要按其需要和興趣而行。

5. 為爸媽／幼兒所說的故事錄影或錄音，隨後播放給幼兒欣賞

現在的通訊科技如此發達，爸媽可以用手機隨時為親子間所說的故事錄音、錄影。這樣除了可以引發幼兒的好奇心和建立其語言表達的自信外，也可以讓他在重溫時激發閱讀樂趣，提升本系列最大的學習果效。

期望透過「我會自己說故事」系列和以上五部曲，您家的幼兒很快也學會自己說故事了！

特約編輯

鄭雅燕

房間裏的怪物（克服恐懼）

為甚麼肚子痛（懂得節制）

小老鼠的棉被（關心家人）

小貓放屁（衡量能力）

蘋果不見了（做好準備）

沒鼻子的雪人（保持謹慎態度）

小貓捉魚（謹慎行事）

貪吃的後果（注意安全）

熊寶寶學孵蛋（衡量能力）

髒兮兮的小豬（注意衛生）

鍋蓋不見了（學習生活常識）

吹喇叭（早睡早起）

小熊的蛋糕（節儉不浪費）

皮球在哪裏（保持整齊）

小松鼠採花（愛護大自然）

小海豹學游泳（克服困難）

小白熊搬木頭（做事要小心）

小猴子的汽車（自己動手做）

小貓捉老鼠（要有警覺性）

袋鼠寶寶（體貼父母）

雞寶寶想游泳（注意安全）

狐狸釣魚（三思而後行）

不愛洗頭的小獅子（注意衛生）

故事導讀（參考使用）

P2　房間裏的怪物（克服恐懼）

1. 小兔子覺得房間裏有怪物，牠們害怕極了。
2. 牠們哭着跑去找媽媽。
3. 原來，「怪物」就是衣架上掛着的衣服呀！

★勇敢看清楚事物的原貌，或許可以克服害怕的感覺。

P3　為甚麼肚子痛（懂得節制）

1. 小豬肚子餓，吃了很多蛋糕。
2. 吃完蛋糕，又吃了甜甜的朱古力。
3. 牠還喝了很多罐飲品。
4. 小豬肚子痛得在地上打滾，你知道為甚麼嗎？

★任何事情都應該適可宜止，過量及不足都是不好的。

P4　好吃的棉花糖（弄清事實）

1. 小貓看到主人吃棉花糖，看起來真美味，牠好想吃一口。
2. 小貓望着窗外的雪花，心想：「棉花糖應該是用這個來做的，讓我來嚐一口。」
3. 牠跑到屋外，吃了一大口雪，說：「啊！棉花糖好冰凍啊！」

★千萬不要輕易相信還沒有弄清楚的事情，否則便很易出錯了。

P5　小老鼠的棉被（關心家人）

1. 冬天到了，老鼠洞裏冷極了，老鼠們不停發抖。
2. 鼠爸爸走出家門，發現雪地上有一隻手套。
3. 「哈哈，這手套可給寶寶們當棉被。」鼠爸爸努力的把手套拉回家。
4. 老鼠全家躺在大手套裏，真的好溫暖，晚上一定會睡得很香甜。

★家人是和我們最親近的人，我們應該時常關心他們，增進彼此感情。

P6　到底在畫誰（做事要專心）

1. 小狗想替小兔子畫一幅畫。
2. 牠畫着畫着，忽然想起了小豬。
3. 小狗的圖畫好了，但牠畫的既不是小兔子，也不是小豬。這是怎麼回事呢？

★做事時不夠專心，腦中不停想着其他事情，會很容易做錯。

P7　會飛的青蛙（請教他人）

1. 青蛙看着天上的飛機，心想：「我也希望自己會飛啊！」
2. 青蛙去找好朋友大雁，請牠幫忙想辦法。大雁決定幫助青蛙。
3. 青蛙坐在大雁身上，牠終於也飛上天空了。

★自己無法完成一些事情時，找朋友幫忙想辦法，或許可以達成目標。

P8　小貓放屁（衡量能力）

1.小貓看見狐狸用臭屁熏暈了老虎，牠想：「原來臭屁這麼厲害啊！」
2.小貓搶了大黃狗的食物，大黃狗氣壞了。
3.小貓翹起屁股放了一個屁，想熏暈大黃狗。
4.小貓的臭屁可沒那麼厲害，大黃狗不但沒暈倒，反而更生氣了。

★如果能力不足或缺乏學習，就很難像別人一樣成功。

P9　蘋果不見了（做好準備）

1.小熊摘了滿滿一籃蘋果。
2.籃子破了，可是小熊完全沒有發現。
3.小熊高高興興地走回家，蘋果也沿途一個個掉在地上。
4.回到家，小熊驚訝地發現，籃子裏的蘋果都不見了，究竟發生甚麼事呢？

★做事之前要先檢查工具，有充足的準備，才容易得到成功。

P10　沒鼻子的雪人（保持謹慎態度）

1.小狗堆了一個大雪人，並用了小白兔的紅蘿蔔當作雪人的鼻子。
2.隔天早上，小狗再去看雪人。咦！雪人的鼻子怎麼不見了？
3.原來是小白兔把雪人的鼻子吃掉了！

★做事情時要保持謹慎的態度，不要因為一時疏忽而破壞了事情。

P11　小貓捉魚（謹慎行事）

1.小貓看着在河裏游來游去的魚，肚子突然覺得好餓啊！
2.小貓沒有任何工具，伸手就想要撈魚，但魚卻游開了。
3.「救命呀！」小貓不但沒捉到魚，自己還不小心掉進了水裏。

★沒有任何準備就行動，事情很難成功。

P12　貪吃的後果（注意安全）

1.粉紅貓看到雪櫃裏有很多食物，便想大吃一頓。
2.牠趁媽媽不在意時，偷偷鑽進雪櫃裏面，大吃大喝起來。
3.結果，貓媽媽在雪櫃裏發現快要凍僵的粉紅貓，急得立即把牠拉出來。粉紅貓真是太危險了！

★不要嘗試危險的事情，或是走到不安全的地方，以免發生意外，讓爸爸媽媽擔心。

P13　熊寶寶學孵蛋（衡量能力）

1.小熊好奇的問母雞：「請問妳為甚麼要坐在蛋上面呢？」
2.哦……原來雞媽媽在孵小雞啊！小熊明白了。
3.小熊趕走雞媽媽和雞寶寶，坐在雞窩上，因為牠也想要孵小雞。

★不屬於自己能力範圍的事，不要輕易嘗試。

P14　髒ㄅㄅ的小豬（注意衛生）

1.小豬最不愛洗臉，牠的臉總是髒ㄅㄅ的。
2.朋友們送小豬一面鏡子。
3.小豬吃驚的看着鏡子，「原來我的臉這麼髒呀！真是糟糕！」
4.現在開始，小豬每天洗臉，牠的臉總是乾乾淨淨的。

★服裝儀容會影響朋友對你的觀感，注意衛生也比較不容易生病。

P15　鍋蓋不見了（學習生活常識）

1.小猴子在做菜，牠到處都找不到鍋子的鍋蓋。
2.牠拿了一個大冰塊，心想：「這個冰塊當鍋蓋正好夠大。」
3.咦，剛才厚厚的鍋蓋怎麼會變小了？

★冰塊遇熱會溶化。我們要多學習生活常識，才不會做錯事情。

P16 吹喇叭（早睡早起）

1.大公雞喔喔喔地叫着，牠告訴大家天亮了。
2.小動物們都出來做早操。
3.只有小豬還在睡覺。
4.砵砵砵，砵砵砵，大家大聲地吹喇叭，一起把小懶豬吵醒。

★早睡早起身體健康，多做運動精神飽滿。

P17 小熊的蛋糕（節儉不浪費）

1.熊媽媽做的蛋糕真美味，但是小熊每個都只吃一口就扔掉，十分浪費。
2.咦，地上的蛋糕怎麼都不見了？
3.原來，小熊扔掉的蛋糕都被小螞蟻搬回家當過冬的食物了。

★浪費是不對的行為，節儉才是值得我們學習的態度。

P18 皮球在哪裏（保持整齊）

1.小猴子到處都找不到牠心愛的皮球，因為牠的房間實在太亂了！
2.媽媽生氣了，牠要小猴子把自己的玩具全部收拾整齊。
3.啊！小猴子發現皮球了，原來它就躲在房間的牀底下呢！

★學習收拾自己的東西，並保持物歸原位的好習慣。

P19 小松鼠採花（愛護大自然）

1.山坡上開了許多美麗的花朵，小松鼠高興地去摘花朵。
2.小白兔看見了，對小松鼠說：「胡亂採摘花朵是不對的！」小松鼠不理牠。
3.蜜蜂們很生氣，於是懲罰了破壞大自然又不聽勸告的小松鼠。

★大自然的景物都很珍貴，我們要好好愛惜，不可以破壞。

P20 小花雞找媽媽（注意安全）

1.小雞們跟着媽媽找食物。
2.小花雞不聽話，自己跑到別的地方玩。
3.天黑了，迷路的小花雞害怕得哭了起來。
4.大黃狗幫小花雞找到了媽媽，牠以後再也不敢亂跑了。

★小朋友外出時要注意安全，不要自己跑開，要牽着爸爸媽媽的手啊！

P21 小海豹學游泳（克服困難）

1.小海豹長大了，媽媽要教牠們學游泳。
2.海豹妹妹膽子太小，不敢下水。
3.海豹媽媽牽着海豹妹妹練習游泳，牠緊緊拉着媽媽，不敢放手。
4.海豹妹妹終於學會游泳了，大家都稱讚牠很勇敢呢！

★學習時難免會遇到困難，要盡量想辦法去克服，才會有收穫。

P22 小白熊搬木頭（做事要小心）

1.小白熊在河邊發現一堆木頭，心想：「我可以用這些木頭來蓋房子。」
2.牠抬着木頭笑嘻嘻地往家裏走。
3.可是，粗心的小白熊把在河邊休息的鱷魚當成木頭抬着走，嚇壞了大家啦！

★做事要小心，粗心大意只會壞了好事。

P23 小猴子的汽車（自己動手做）

1.小猴子很羨慕大家都有汽車，牠便想要有一輛自己的車。
2.牠找到一些木頭，決定自己動手做一輛車。
3.小猴子坐着自己的車，從山坡上衝下來，真是太好玩了。

★想想看，生活中有哪些東西是可以自己動手做的呢？